지금은
소원을 이룰
시간!

DISNEY

위시

소원이 이루어지는 마음 대사 100

지금은
소원을 이룰
시간!

에린 팰리갠트 저   김지연 번역   디즈니 아트팀 그림

너와숲

제 1 장

하늘을 보며 소원을 비는 이유는 뭘까요?

1   별이 그곳에 있는 것은 사람들을 바른길로 안내하고 영감을 주고 희망을 갖게 하기 위해서란다.

2   별이 소원을 직접 들어주는 것은 아니지만, 마법을 부려 꽃이 노래하게 하고, 동물들이 춤추게 해.

3   사람들은 모두 알게 될 거예요. 오늘로 딱 100세가 되는, 가장 멋지고, 사랑스럽고, 존경스러운… 할아버지만큼 소원을 이룰 자격이 있는 사람은 없다는 것을요!

4   내가 가장 좋아하는 이빨이 아직도 남아 있다니 참 다행이지 않니?

5   그래, 무엇이든 가능하다고 했지. 소원의 왕국에서는!

6   엄마인데 당연히 말투만 들어도 알지.

7   아직 자라고 있잖아요. 말투도 바뀌기 마련이에요.

8   로사스에서는 모든 것이 가능해요.

9   뭐 어때! 대부분의 사람은 늘 실패하면서 살아.

10 넌 여전히 너야. 그리고 나는 네가 곧 소원을 이룰 거라고 확신해.

11 모든 것은 저마다의 자리가 있지.

12 그런 관대함이 바로 로사스의 본질이란다. 가장 중요한 것이지.

13 왕은 모든 것에 대비해야 하거든.

14 먼저 약점을 솔직하게 다 털어놓는 게 좋다고 생각했어요.

15 그는 꿈꾸는 철학자였어. 생각이 참 많았지.

16 아빠는 별이 우리를 인도하고, 우리에게 영감을 주고, 가능성을 믿도록 일깨워준다고 했어요. 그래서 그곳에 있다고 했죠.

❖ CONTENTS ❖

제 2 장

소원은 바로 내 안에 있어요

❖ CONTENTS ❖

제 3 장

✦ 내가 누구인지 알고 싶다면 바로 나 자신을 바라보세요 ✦

❖ CONTENTS ❖

제 1 장

하늘을 보며
소원을 비는
이유는 뭘까요?

1

별이 그곳에 있는 것은
사람들을 바른길로
안내하고 영감을 주고
희망을 갖게 하기
위해서란다.

That the stars are there to guide and inspire people and to remind them to believe in possibility.

별이 그곳에 있는 것은 사람들을 바른길로 안내하고
영감을 주고 희망을 갖게 하기 위해서란다.

두려워진 아샤는 문득 어렸을 때 아빠가 가르쳐주었던
것을 떠올립니다. "별이 그곳에 있는 것은 사람들을
바른길로 안내하고 영감을 주고 희망을 갖게 하기
위해서란다."

2

별이 소원을 직접
들어주는 것은 아니지만,
마법을 부려 꽃이
노래하게 하고, 동물들이
춤추게 해.

Asha learns that Star does not grant wishes, but its magic can do wondrous things, such as make flowers sing, animals dance.

별이 소원을 직접 들어주는 것은 아니지만,
마법을 부려 꽃이 노래하게 하고, 동물들이 춤추게 해.

아샤는 별이 소원을 직접 들어주는 것은 아니지만, 마법을
부려 꽃이 노래하게 하고, 동물들이 춤추게 한다는 것을
알게 됩니다. 맞아요, 아주 놀라운 힘을 가진 별이었어요.

사람들은 모두 알게 될 거예요.
오늘로 딱 100세가 되는,
가장 멋지고, 사랑스럽고,
존경스러운… 할아버지만큼
소원을 이룰 자격이 있는
사람은 없다는 것을요!

But everyone agrees there is none more deserving than…my grandfather, a most glorious, loving, handsome man who turns one hundred years old today!

사람들은 모두 알게 될 거예요. 오늘로 딱 100세가 되는, 가장 멋지고, 사랑스럽고, 존경스러운… 할아버지만큼 소원을 이룰 자격이 있는 사람은 없다는 것을요!"

오늘 아샤는 오로지 할아버지, 사바 사비노의 소원이 이뤄지기만을 기도하고 있었다. 그녀는 이야기를 멋지게 마무리했다. "사람들은 모두 알게 될 거예요. 오늘로 딱 100세가 되는, 가장 멋지고, 사랑스럽고, 존경스러운… 할아버지만큼 소원을 이룰 자격이 있는 사람은 없다는 것을요!"

4
◆◆◆

내가 가장 좋아하는 이빨이 아직도 남아 있다니 참 다행이지 않니?

And I still have
my favorite teeth?

내가 가장 좋아하는 이빨이 아직도 남아 있다니 참 다행이지 않니?

아샤는 거울을 들어 할아버지가 자신의 매무새를 볼 수 있도록 해주었다. 사비노는 거울에 비친 하얀 머리카락과 눈썹을 바라보더니 미소를 지었다. "내가 가장 좋아하는 이빨이 아직도 남아 있다니 참 다행이지 않니?"

그래, 무엇이든 가능하다고 했지. 소원의 왕국에서는!

Anything is possible···
In the Kingdom of Wishes!

그래, 무엇이든 가능하다고 했지. 소원의 왕국에서는!

"마침 오늘이 소원의 날이에요. 이건 결코 우연이
아니에요!" 아샤가 말했다. 그녀는 할아버지가 소원이
이뤄지기를 얼마나 간절히 바라왔는지 알고 있었다.
"그래, 그랬으면 좋겠구나. 그런데 내가 아니면 어쩌지."
사비노가 말했다.
"오늘은 할아버지의 날이에요. 느껴진다고요!" 아샤는
할아버지의 뺨에 입을 맞췄다.
"그래, 무엇이든 가능하다고 했지." 사비노가 말했다.
"소원의 왕국에서는!" 사키나, 아샤, 그리고 사비노가
동시에 외쳤다.

엄마인데
당연히 말투만
들어도 알지.

Because I know your pauses.

엄마인데 당연히 말투만 들어도 알지.

"숨기는 게 있는 것 같은데?" 사키나는 아샤를
손가락으로 가리키며 물었다. 진실의 손가락이라도
되는 듯, 뭔가 알고 있다는 눈빛으로 말이다. 아샤는
어깨를 으쓱했다. "왜 제가 뭘 숨긴다고 생각하세요?"
"엄마인데 당연히 말투만 들어도 알지."
사키나가 대답했다.

1

아직 자라고
있잖아요.
말투도 바뀌기
마련이에요.

26

I'm maturing.
My pauses are changing.

아직 자라고 있잖아요. 말투도 바뀌기 마련이에요.

"왜 제가 뭘 숨긴다고 생각하세요?"
"엄마인데 당연히 말투만 들어도 알지."
사키나가 대답했다.
"아직 자라고 있잖아요." 아샤가 말했다. "말투도 바뀌기
마련이에요."

로사스에서는 모든 것이 가능해요.

Rosas, anything was possible.

로사스에서는 모든 것이 가능해요.

그들이 경치를 감상하는 동안, 아샤는 로사스에서는
모든 것이 가능하다고 말했다. 비록 아샤의 소원은 아직
왕에게 전해지지 않았지만, 그녀는 어떤 소원도 금지되지
않는다는 것을 알고 있었다.

뭐 어때!
대부분의 사람은
늘 실패하면서 살아.

Most people fail at everything.

뭐 어때! 대부분의 사람은 늘 실패하면서 살아.

"아, 그렇지." 가보가 말했다. "왕과의 면접이 있는
날이구나. 걱정하지 마. 떨어질 때를 대비해서 우리가
이곳에서 기다리고 있을게."
"가보!" 할이 외쳤다. 할은 매력적인 미소를 가진 밝은
성격의 친구였다. 그녀는 밝은 성격처럼 아주 반짝이는
예쁜 귀걸이를 하고 있었다.
"뭐 어때!" 가보가 말했다. "대부분의 사람은 늘
실패하면서 살아."

10
◆◆◆

넌 여전히 너야.
그리고 나는
네가 곧 소원을
이룰 거라고 확신해.

You're still you, and I bet you get your wish granted really soon.

넌 여전히 너야. 그리고 나는 네가 곧 소원을 이룰 거라고 확신해.

사이먼은 놀란 듯 일어섰다. "내가 지루해졌어?" 그가
상처받은 듯이 물었다. "너희들도 다 그렇게 생각해?"
사이먼은 고개를 숙였다. 그는 친구들이 듣기 좋게
말하려고 애쓰고 있다는 것을 알아차렸다.
"사이먼, 걱정하지 마." 아샤가 말했다. "넌 여전히 너야.
그리고 나는 네가 곧 소원을 이룰 거라고 확신해."

11

모든 것은
저마다의 자리가
있지.

Everything has its place.

모든 것은 저마다의 자리가 있지.

"그는 말하는 것을 좋아하지." 왕비가 웃으며 덧붙였다.
"그냥 가만히 듣기만 해도 돼."
"그리고 그는 조금 특별하단다." 아마야 왕비가 계속
말했다. "모든 것은 저마다의 자리가 있지."

12
◆ ◆◆◆

그런 관대함이 바로
로사스의 본질이란다.
가장 중요한 것이지.

That kind of generosity has always been the true essence of Rosas.

그런 관대함이 바로 로사스의 본질이란다. 가장 중요한 것이지.

"다른 사람들을 돌보는 네 모습을 본 적 있어. 정확히는 어떻게 돌보는지를 보았지." 아마야 왕비가 설명했다. "이 왕국과 사람들을 얼마나 사랑하는지 알 수 있었어."
"그거야 당연한 일인걸요." 아샤가 얼굴을 붉히며 말했다.
"그런 관대함이 바로 로사스의 본질이란다. 가장 중요한 것이지." 왕비가 말했다.

13
◆◆◆

왕은 모든 것에 대비해야 하거든.

A king must be prepared
for everything.

왕은 모든 것에 대비해야 하거든.

"그 책은, 그 책은 위험하단다." 왕이 말했다.
아샤는 말벌을 피하며 왕이 있는 쪽으로 도망쳤다.
"위험한 책을 왜 가지고 계세요?"
"왕은 모든 것에 대비해야 하거든." 그가 설명했다.

14

먼저 약점을 솔직하게
다 털어놓는 게 좋다고
생각했어요.

Figured I might as well get through all the bad stuff right up front.

먼저 약점을 솔직하게 다 털어놓는 게 좋다고 생각했어요.

"저는 신경을 많이 쓰는 편이에요."

"좋아요……." 왕이 머뭇거리며 말했다. "흥미롭군."

"그게 제 약점이에요." 아샤가 손을 맞잡으며 말했다.

"먼저 약점을 솔직하게 다 털어놓는 게 좋다고

생각했어요."

15
◆◆◆

그는 꿈꾸는
철학자였어.
생각이 참 많았지.

He was quite the philosopher
and dreamer.

그는 꿈꾸는 철학자였어. 생각이 참 많았지.

왕은 아샤의 얼굴에서 그리움을 보았다.
"네 아버지를 기억한단다." 그가 부드럽게 말했다.
"정말요?" 아샤가 놀라며 되물었다.
"그는 꿈꾸는 철학자였어. 생각이 참 많았지.
나는 그와 별들에 대해 얘기하는 것을 정말로 좋아했어."

16

아빠는
별이 우리를 인도하고,
우리에게 영감을 주고,
가능성을 믿도록
일깨워준다고 했어요.
그래서 그곳에
있다고 했죠.

He'd say the stars are there to guide us, to inspire us, to remind us to believe in possibility.

아빠는 별이 우리를 인도하고, 우리에게 영감을 주고, 가능성을 믿도록
일깨워준다고 했어요. 그래서 그곳에 있다고 했죠.

"아빠와 저는 산모퉁이에 있는 이 높은 나무에 자주
오르곤 했어요. 그곳에는 별과 우리만 있었죠." 아샤가
말했다. "아빠는 별이 우리를 인도하고, 우리에게 영감을
주고, 가능성을 믿도록 일깨워준다고 했어요. 그래서
그곳에 있다고 했죠. 아빠는 아플 때도 저를 밤에 데리고
나가서 꿈을 꾸게 했어요. 제가 꿈꾸던 것은 그저 아빠가
나아지는 것이었는데 말이에요."

45

17

남은 건
이것뿐이란다.
이것과 나,
둘뿐이지.

This is all that remains.
Well, this and me, I suppose.

남은 건 이것뿐이란다. 이것과 나, 둘뿐이지.

왕은 벽에 걸려 있는 낡고 불에 탄 태피스트리를
바라보았다.
"나의 가족, 우리의 땅이 이기적이고 탐욕스러운
도둑들에 의해 파괴되었지." 그가 설명했다. "그때 마법을
알았더라면……." 그는 가만히 태피스트리를 응시했다.
"남은 건 이것뿐이란다. 이것과 나, 둘뿐이지."

18

눈앞에서
꿈이 사라지는
경험은 누구도 하지
않았으면 해.

No one should ever have to see their dreams destroyed before their eyes.

눈앞에서 꿈이 사라지는 경험은 누구도 하지 않았으면 해.

"남은 건 이것뿐이란다. 이것과 나, 둘뿐이지." 그는
다시 아샤를 마주 보았다. "그래서 나는 모든 이들이
안전했으면 하는 마음으로 이 왕국을 세웠어. 눈앞에서
꿈이 사라지는 경험은 누구도 하지 않았으면 해."

19
❖❖❖

상실 때문에
매일 고통을 느끼며
살아가는 일도
없어야 해요.

50

No one should have to live their life feeling the pain of that loss every day.

상실 때문에 매일 고통을 느끼며 살아가는 일도 없어야 해요.

아샤는 전적으로 동의했다. "그리고 그 상실 때문에 매일 고통을 느끼며 살아가는 일도 없어야 해요."

"그래서 내가 이 일을 하는 거야." 왕이 말했다.

"그래서 제가 그 일을 돕겠다는 거예요." 아샤가 간단하게 말했다.

매그니피코 왕은 확신에 찬 아샤의 말에 감명을 받은 듯했다.

20

널 믿으려면 아샤
네가 그들을 얼마나
소중하게 생각하는지
확인해야 해.

But if I'm to trust you, I need to know you understand just how important they are.

널 믿으려면 아샤 네가 그들을 얼마나 소중하게 생각하는지 확인해야 해.

매그니피코 왕은 높은 창문과 별 무늬 바닥 타일이 있는
커다란 원형 방으로 아샤를 데리고 갔다.
"넌 내가 이곳을 보여준 몇 안 되는 사람 중 하나란다. 널
믿으려면 아샤 네가 그들을 얼마나 소중하게 생각하는지
확인해야 해."

21

소원은 마음의
한 조각이야.
그중에서도 가장
소중하고 소중한
것이지.

They are part of your heart.
The very best part.

소원은 마음의 한 조각이야. 그중에서도 가장 소중하고 소중한 것이지.

소원 방울들이 매그니피코 왕 주변을 사랑스럽게 빙빙
돌았다. 그는 아이들에게 둘러싸인 아버지처럼 인자한
미소를 지었다.

"보이지?" 그는 아샤에게 말했다. "사람들은 소원이 그저
목표나 계획 같은 거라고 생각하지. 하지만 소원은 마음의
한 조각이야. 그중에서도 가장 소중하고 소중한 것이지."

우리 할아버지의
소원이에요.
너무 행복해 보여요.

It's… it's my saba Sabino's wish, he looks so joyful.

우리 할아버지의 소원이에요. 너무 행복해 보여요.

그때 왕은 아샤의 손바닥에서 빛나고 있는 사비노의 소원 방울을 보았다.

아샤는 눈물을 꾹 참으며 입을 열었다. "우리 할아버지의 소원이에요. 너무 행복해 보여요."

그녀는 감정이 벅차오르는지 잠시 말을 멈췄다.

폐하, 오늘 밤
할아버지의 소원을
들어주시겠어요?

Your Majesty,
would you maybe consider
granting his wish tonight?

폐하, 오늘 밤 할아버지의 소원을 들어주시겠어요?

"오늘이 바로 할아버지의 생신이에요. 백 살이 되는
생신이지요."
"그것 참 굉장한 일이군." 왕이 대답했다.
"폐하, 오늘 밤 할아버지의 소원을 들어주시겠어요?"
희망으로 부풀어 오른 가슴을 애써 누르며 아샤가 말했다.

24

아름다운 소원이네.
그런데 유감스럽게도
이 소원은 너무
위험해.

It is a beautiful wish, but unfortunately, it's too dangerous.

아름다운 소원이네. 그런데 유감스럽게도 이 소원은 너무 위험해.

"자, 그 소원을 내게 줘봐."
매그니피코 왕은 아샤가 건네준 소원 방울 속 사비노와
그의 류트를 조용히 살펴보았다.
"아름다운 소원이네. 그런데 유감스럽게도 이 소원은
너무 위험해."
"위험하다고요?" 아샤가 혼란스러워하며 되물었다.

25

할아버지는
누구도, 아무도
다치게 하지 않아요.
절대로요!

My saba would never do anything to hurt anyone.

할아버지는 누구도, 아무도 다치게 하지 않아요. 절대로요!

"네 할아버지는 다음 세대에게 영감을 줄 수 있는
무언가를 만들고 싶어 해. 위대한 소원이지만, 너무
막연해. 무엇을 만들고 싶은 거지? 어떤 영감을, 어떤
꿈을 주려고 하는 거지? 어쩌면 그것은 무기인지도 몰라.
그것이 로사스를 파괴할 수도 있겠지."
아샤는 재빨리 말했다. "할아버지는 누구도, 아무도
다치게 하지 않아요. 절대로요!"

사람들은 자신이 꿈을
이루지 못할 것을 알기
때문에 이곳에 오는 거야.
소원을 이루는 여정은
너무 어렵거든.
불공평하게도
말이야.

People come here because they know they can't make their own dreams come true. The journey is too hard. It is too unfair.

사람들은 자신이 꿈을 이루지 못할 것을 알기 때문에 이곳에 오는 거야.
소원을 이루는 여정은 너무 어렵거든. 불공평하게도 말이야.

"결국엔 들어주지 않을 소원들. 그 소원들을 다시
주인들에게 돌려줄 순 없나요? 그 소원들이 위험하다면
막아야겠지만, 그렇지 않다면 말이죠."
"아샤, 요점을 완전히 놓쳤구나." 왕이 짜증 섞인 목소리로
말했다. "사람들은 자신이 꿈을 이루지 못할 것을 알기
때문에 이곳에 오는 거야. 소원을 이루는 여정은 너무
어렵거든. 불공평하게도 말이야."

27

사람들은 흔쾌히 내게
소원들을 건네주고,
나는 그들이 소원 때문에
걱정하는 일이 없게
해주는 거야.
다 잊어버리게
해주니까.

They give their wishes to me, willingly, and I make it so they forget their worries.

사람들은 흔쾌히 내게 소원들을 건네주고, 나는 그들이 소원 때문에 걱정하는 일이 없게 해주는 거야. 다 잊어버리게 해주니까.

그는 물약을 향해 손을 뻗으며 손바닥을 모았다. 빛나는 마법 물약을 바라보며 그는 말을 이어갔다. "그러니까 사람들은 흔쾌히 내게 소원들을 건네주고, 나는 그들이 소원 때문에 걱정하는 일이 없게 해주는 거야. 다 잊어버리게 해주니까."

28

그것은 그들에게 가장
소중하고 아름다운
부분을 잊게 하는
거예요.

You make it so they forget the most beautiful part of themselves!

그것은 그들에게 가장 소중하고 아름다운 부분을 잊게 하는 거예요.

눈물로 눈앞이 흐려졌지만, 아샤는 물러서지 않았다.
"그것은 그들에게 가장 소중하고 아름다운 부분을 잊게
하는 거예요."
왕은 잠시 동작을 멈추고 아샤의 말에 귀를 기울였다.

29
◆◆◆

그들은 지금 자신이
무엇을 놓쳐버렸는지
알지도 못해요.
하지만 폐하는 알고
있지요. 그리고
이제 저도 알아요.

And they don't know what they're missing. But you do. And now I do.

그들은 지금 자신이 무엇을 놓쳐버렸는지 알지도 못해요. 하지만 폐하는 알고 있지요. 그리고 이제 저도 알아요.

"그들은 지금 자신이 무엇을 놓쳐버렸는지 알지도 못해요. 하지만 폐하는 알고 있지요. 그리고 이제 저도 알아요." 그녀는 떨리는 목소리로 말했다. "이건 불공평해요."

헛된 희망이라도 가질 자격이
있어요. 아니, 그 이상의 것도 가질
자격이 있어요. 소원을 이루는
여정이 아무리 힘들더라도,
모두가 기회를 가질
자격이 있어요.

They deserve more than just false hope. And no matter how hard the journey might be, they deserve a chance.

헛된 희망이라도 가질 자격이 있어요. 아니, 그 이상의 것도 가질 자격이 있어요. 소원을 이루는 여정이 아무리 힘들더라도, 모두가 기회를 가질 자격이 있어요.

"우리 할아버지는 착해요. 로사스 사람들 모두가 착하지요. 헛된 희망이라도 가질 자격이 있어요. 아니, 그 이상의 것도 가질 자격이 있는 사람들이에요. 소원을 이루는 여정이 아무리 힘들더라도, 모두가 기회를 가질 자격이 있어요."

MY WISH ✦

제2장

소원은
바로 내 안에
있어요

무슨 자격이
있는지는
내가 결정해!

I decide what everyone deserves!

무슨 자격이 있는지는 내가 결정해!

눈물로 눈앞이 흐려졌지만, 아샤는 물러서지 않았다.
"모두가 기회를 가질 자격이 있어요."
매그니피코 왕은 휘몰아치는 마법을 손으로 그리며
그녀를 향해 몸을 돌렸다.
"무슨 자격이 있는지는 내가 결정해!" 그는 으르렁거리며
말했다.

정말 무거운
소원이었어요,
그렇죠?

It's a real weight off, isn't it?

정말 무거운 소원이었어요, 그렇죠?

그는 손바닥으로 마법의 기운을 일으켜 빙빙 돌렸다.
그리고 그들의 손을 꼭 잡았다. 왕의 손길이 닿자,
그들의 심장이 빛나기 시작했다. 그 빛은 그들의 팔
아래로, 그리고 그들의 오므린 손바닥 위를 거쳐 빛나는
소원 방울로 변했다. 매그니피코 왕이 소원을 가져가자
헬레나와 에스테반의 몸에 남은 빛이 희미하게 반짝였다.
그들의 어깨가 축 처지면서 미소가 사라졌다.
"정말 무거운 소원이었어요, 그렇죠?" 매그니피코 왕이
웃으며 말했다.

33

후회 없이 전부
잊어버리세요!

Forget without regret!

후회 없이 전부 잊어버리세요!

아샤는 가슴이 찢어질 것 같았지만, 지켜볼 수밖에
없었다.
"후회 없이 전부 잊어버리세요!" 관중이 소리쳤다.
자신들의 소원을 잊어버리자, 에스테반과 헬레나의
표정이 다시 바뀌었다. 그들은 무대를 떠나면서 행복하게
손을 흔들었다.

34

오늘
소원을 이루는
주인공은 누가
될까요?

Who is ready to have their wish granted?

오늘 소원을 이루는 주인공은 누가 될까요?

왕이 다시 큰 목소리로 말했다. "오늘 소원을 이루는
주인공은 누가 될까요?"
사람들은 열광했다. 모두가 사비노를 슬쩍슬쩍
쳐다보았다.

35

충분한 인내심으로
오래 기다린 사람의
소원을 사랑이 가득한
마음으로 허락하고자
합니다!

And it is with clarity and an open heart full of love that I grant today's wish to someone who has very patiently waited long enough!

충분한 인내심으로 오래 기다린 사람의 소원을 사랑이 가득한 마음으로
허락하고자 합니다!

왕의 시선은 곧 자신을 사랑하는 무리에게 돌아갔다.
"충분한 인내심으로 오래 기다린 사람의 소원을 사랑이
가득한 마음으로 허락하고자 합니다!"
"사비노야." "사비노가 틀림없어."
여기저기서 중얼거리는 목소리가 들렸다. 사비노도
자신이 선택될 것이라는 희망으로 부풀어올랐다.

당신의 소원을
들어주는 것은
저에게도 큰
기쁨입니다.
진심이에요.

I mean it when I say it truly is my great pleasure to grant your heart's desire.

당신의 소원을 들어주는 것은 저에게도 큰 기쁨입니다. 진심이에요.

"사니아 오스만!" 왕은 계단을 급히 올라오는 그녀를 향해 말했다. "당신의 소원을 들어주는 것은 저에게도 큰 기쁨입니다. 진심이에요."

"어머나." 그가 사니아의 소원 방울을 높이 들어 올리자 그녀는 기쁨을 주체하지 못했다.

"세상에서 가장 아름다운 드레스를 만들 수 있도록!" 왕이 선언했다.

헛된 희망은 절대
가지지 말아야 해.

Never ever get your hopes up.

헛된 희망은 절대 가지지 말아야 해.

사비노의 주변에서는 실망감으로 가득 찬 다른
목소리들이 들렸다.
"가여워. 사비노 할아버지." 달리아가 말했다.
"너무 오래 기다리셨어." 사이먼이 말했다.
"이럴 줄 알았어." 가보가 심술궂게 말했다. "헛된 희망은
절대 가지지 말아야 해."

38

나는 그것을 영원히
지킬 거거든, 영원히.

I will still protect your saba's wish and your mother's forever.

나는 그것을 영원히 지킬 거거든, 영원히.

매그니피코 왕이 만족스러운 표정으로 아샤를
쏘아보았다. 그가 말했다. "아샤, 나는 절대로 너에게 나의
견습생이라는 직책을 맡기지 않을 거야. 그러나 걱정하지
마. 나에게는 여전히 사비노와 네 어머니의 소원이
있으니까. 나는 그것을 영원히 지킬 거거든, 영원히."

30
◆◆◆

우리는 항상
긍정적인 부분을
봐야 해요.

We should be looking at the bright side.

우리는 항상 긍정적인 부분을 봐야 해요.

"자, 음식을 낭비할 수는 없지." 사비노가 생일 케이크를 가리키며 말했다. 사키나가 만든 케이크는 딸기로 장식된 웃는 얼굴 모양이었다.

"맛있게 먹어요! 식사를 즐겨봅시다." 그는 사키나에게 차 한 잔을 건네며 말했다.

"맞아요, 사비노." 사키나가 말했다. "우리는 항상 긍정적인 부분을 봐야 해요."

40

모든 것에는
다음이 있어요.
그다음을 위해
건배.

There's always next time.
Cheers to that.

모든 것에는 다음이 있어요. 그다음을 위해 건배.

"아샤, 너는 어쩌면 왕국에서 가장 권위 있는 자리에
올라갈 수 있을 거야. 그리고 사비노, 모든 것에는 다음이
있어요."
사비노는 잔을 들며 "그다음을 위해 건배"라고 말했다.
사키나는 잔을 부딪치며 그와 건배를 했지만, 아샤는
가만히 있었다.

41

결코 이루어지지 않을, 놀랍고 아름다운 소원들이 너무 많이 갇혀 있어요.

There are so many wondrous, powerful wishes that will never be granted.

결코 이루어지지 않을, 놀랍고 아름다운 소원들이 너무 많이 갇혀 있어요.

"우리가 다 알 수는 없어." 사비노는 단호한 목소리로
말했다.
"만약 할아버지가 그것들을 보셨다면, 저처럼 느꼈다면
바로 알 수 있었을 거예요." 아샤가 벌떡 일어서며 말했다.
"할아버지만의 일이 아니에요. 결코 이루어지지 않을,
놀랍고 아름다운 소원들이 너무 많이 갇혀 있어요."

42
◆◆◆

놀라운 소원을 알고
있으면서도, 그게
이루어지지 않을 거라는
것을 알면서도 말하지
않을 수는 없잖아요.

I can't just sit here with you, Saba, knowing your incredible wish and not tell you.

놀라운 소원을 알고 있으면서도, 그게 이루어지지 않을 거라는 것을 알면서도
말하지 않을 수는 없잖아요.

"앉아." 사키나가 말했다. "진정해."

"그럴 수 없어요!" 아샤가 다시 목소리를 높여 말했다.

"할아버지의 놀라운 소원을 알고 있으면서도, 그게
이루어지지 않을 거라는 것을 알면서도 말하지 않을 수는
없잖아요. 그냥 여기에 가만히 앉아 있기에는……."

43

할아버지의
소원이니까요!

But it's your wish!

할아버지의 소원이니까요!

사비노의 목소리에서 고통이 느껴졌다. "왜지?
이루어지지 않을 나의 소원에 대해 왜 내가 알기를 바라는
거지? 왜 알려주고 싶은 거니?"
"하지만……" 아샤는 자신의 마음을 어떻게라도
설명하고 싶어 애를 썼다. "할아버지의 소원이니까요!"

44
◆◆◆

자신이 어리다는 것도 알지만, 무엇이 옳고 그른지도 안다. 분명 왕이 하는 일은 잘못된 것이다.

Asha knew she was young, but she also knew right from wrong. And what the king was doing was wrong.

자신이 어리다는 것도 알지만, 무엇이 옳고 그른지도 안다.
분명 왕이 하는 일은 잘못된 것이다.

마을 사람들에게 진실을 말하고 싶었지만, 가족인
어머니와 할아버지조차 그녀를 말렸다. 침묵하라고
했다. 아샤는 자신이 어리다는 것도 알지만, 무엇이 옳고
그른지도 안다. 분명 왕이 하는 일은 잘못된 것이다.

45

그들은 더 많은 것을
가질 수도 있었다.
소원을 간직하며
살기만 했더라도…….

They could have
so much more, if only…

그들은 더 많은 것을 가질 수도 있었다.
소원을 간직하며 살기만 했더라도…….

아샤는 이 사람들이 자신의 가장 아름다운 부분을 왕에게
주었다는 것을 알고 가슴이 아팠다. 그들은 더 많은 것을
가질 수도 있었다. 소원을 간직하며 살기만 했더라도…….
아샤는 자신을 올바른 방향으로 인도해줄 무언가를
갈망하며 하늘을 쳐다봤다.

46

로사스 사람들이
왕이 선택한 것
이상의 소원을 가질 수
있기를.

Then she made her wish:
for the people of Rosas to have
more than what the king had
chosen for them.

로사스 사람들이 왕이 선택한 것 이상의 소원을 가질 수 있기를.

아샤는 머리 위에서 반짝이는 별을 쳐다보았다. 그리고
소원을 빌었다. '로사스 사람들이 왕이 선택한 것 이상의
소원을 가질 수 있기를.'
간절한 소원이 아샤의 입술에서 떠나자, 밝은 별은 화려한
불빛이 되어 번쩍였다.

47

빛이 사랑스러울 수
있을까?

Can light be loving?

빛이 사랑스러울 수 있을까?

아샤 뒤에서 신비로운 빛이 반딧불처럼 빙빙 돌았다.
빛이 덤불 속으로 사라지자 발렌티노는 그것을 찾으려고
돌아다녔다. 빛이 갑자기 튀어나오더니 발렌티노를 쏙!
끌고 들어가버렸다.
"빛이 사랑스러울 수 있을까?" 아샤가 계속 말했다. "말도
안 되는 소리지? 그런데 정말 그런 느낌이었거든"

48

말도 안 되는 거 좋아해!

We love crazy!

말도 안 되는 거 좋아해!

아샤의 추측에 대답이라도 하듯, 빛은 주변에 반짝이는
가루를 뿌리며 빙글빙글 돌았다. 별 가루가 버섯 위로
떨어지자 버섯들이 긴 잠에서 깨어나듯 기지개를 켜고
하품을 하며 움직였다.
"말도 안 돼." 아샤가 말했다. 발렌티노는 반짝이는
버섯들을 보더니 눈이 휘둥그레졌다.
"말도 안 되는 거 좋아해!" 버섯들이 외쳤다.

49
◆◆◆

빛의 마법은
이제 겨우 시작이었다.

But the magical light was only just getting started.

빛의 마법은 이제 겨우 시작이었다.

"내가 말을 하네!" 발렌티노가 말했다. "내가 말을 한다고! 내 목소리가 이렇게 저음일 줄 누가 알았겠어!" 그는 꽤 만족하는 것처럼 보였다.

당황한 아샤는 다시 별을 쳐다보았다. 하지만 빛의 마법은 이제 겨우 시작이었다.

50

좋아. 궁금한 게 수천 개야.
어떻게 하늘을 가로질러
내가 별과 연결될 수
있었는지, 어떻게 이 모든
게 가능한지 말이야.

Okay, I have a few thousand questions, starting with how did I manage to connect with a star all the way across the sky and ending with how is any of this possible?

좋아. 궁금한 게 수천 개야. 어떻게 하늘을 가로질러 내가 별과 연결될 수
있었는지, 어떻게 이 모든 게 가능한지 말이야.

아샤는 깜짝 놀란 마음을 다독이며 물었다. "좋아. 궁금한
게 수천 개야. 어떻게 하늘을 가로질러 내가 별과 연결될
수 있었는지, 어떻게 이 모든 게 가능한지 말이야."

우리는 다르지 않아.
너와 나도, 우리 모두는……
완전히, 온전히 똑같은,
아주 특별한 것으로
만들어졌지.

We're no different, you and me. We are all··· And completely, entirely made of the very same, very special thing.

우리는 다르지 않아. 너와 나도, 우리 모두는…… 완전히, 온전히 똑같은,
아주 특별한 것으로 만들어졌지.

"생각해봐." 다람쥐가 말했다. "우리는 다르지 않아. 너와
나도, 우리 모두는……" 다람쥐는 아샤가 무슨 말을 할지
기대하며 잠시 말을 멈췄다.
아샤가 답했다. "당황했다고?"
그녀의 대답을 듣고는 별이 키득거렸다.
"완전히, 온전히 똑같은, 아주 특별한 것으로 만들어졌지."
토끼는 별을 향해 손짓하며 말했다.

우리 모두는
별 가루로 만들어졌어.

We are all made of stardust!

우리 모두는 별 가루로 만들어졌어.

"우리 모두는 별 가루로 만들어졌어."
묘목에서 그루터기까지 숲속 나무들은 별 가루가 어떻게
씨앗을 거대한 나무로 자라게 했는지 설명했다. 올빼미
한 마리가 아샤 앞에 날아와 앉았다. 올빼미의 눈은 밝은
별빛으로 가득 차 있어서 마치 작은 은하계 같았다.
토끼부터 곰, 거북이, 사슴, 라쿤, 깃털 달린 메추리까지
숲의 친구들은 아샤를 둘러싸고 우리 모두가 생각보다
많이 닮았다는 것을 알 수 있도록 도와주었다.

모든 것이 별 가루로
만들어졌기 때문에
누구에게나 별의 힘이
닿을 수 있다는
것을.

Since everything is made of stardust, the power of the stars is accessible to everyone!

모든 것이 별 가루로 만들어졌기 때문에
누구에게나 별의 힘이 닿을 수 있다는 것을.

아샤는 자신을 둘러싼 마법에 걸린 동물들의 심장이
별 가루로 빛나는 것을 보았다. 별이 아샤의 가슴께를
부드럽게 만지자 그녀의 심장이 빛나기 시작했다. 이제
아샤는 완전히 이해할 수 있었다. 모든 것이 별 가루로
만들어졌기 때문에 누구에게나 별의 힘이 닿을 수 있다는
것을.

소원이 어떻게
이루어지는지 잘
모르겠어.
그냥 모두의 소원이
기회를 가졌으면
좋겠어.

I'm just not sure how this works. I just want their wishes to have a chance.

소원이 어떻게 이루어지는지 잘 모르겠어.
그냥 모두의 소원이 기회를 가졌으면 좋겠어.

"소원이 어떻게 이루어지는지 잘 모르겠어." 아샤가
말했다. "나는 우리를 위해, 가족을 위해, 그리고……"
별이 갑자기 몸을 바르게 세웠다. 아샤는 그녀가 뭔가
잘못 말한 것은 아닐까 걱정하며 빠르게 말했다. "오,
아니, 아니, 아니. 이기적으로 쓰겠다는 게 아니라 그냥
모두의 소원이 기회를 가졌으면 좋겠어."

55
◈◈◈

내가 간다!
가자!

I'm coming. Wait for me.

내가 간다! 가자!

"잠깐만, 기다려봐!" 아샤는 별을 뒤쫓으며 외쳤다.
"천천히 해. 계획이 필요하단 말이야!"
그때 갑자기 위에 있는 나뭇가지에서 발렌티노가
떨어졌다. 그는 그들을 따라가며 외쳤다. "내가 간다!"
염소가 거친 목소리로 외쳤다. "가자!"

50
◆◆◆

인생은 살아가는 것이지!

Life is to be lived!

인생은 살아가는 것이지!

닭장에서는 더 많은 소음과 탁탁거리는 소리가 났다.
아샤는 "아무것도 아니야"라고 소리쳤다. 그때
발렌티노가 닫힌 문 뒤에서 "바로 그거야. 인생은
살아가는 것이지!"라고 말했다.

57

날개로는
날 수 없지만,
목소리로는
높이 날아갈 수 있어!

Your wings can't fly,
but your voices can!

날개로는 날 수 없지만, 목소리로는 높이 날아갈 수 있어!

발렌티노는 깃털을 지휘봉처럼 사용하며 닭들의
합창단을 지휘하고 있었다.
"바로 그거야, 숙녀 여러분!" 발렌티노가 말했다.
"날개로는 날 수 없지만, 목소리로는 높이 날아갈 수
있어!"

그게 느껴지니?
사실 난 내가 무엇을
잃어버렸는지
아무것도
기억나지 않아.

"You can feel it?" He asked Star.
"I can't remember what I lost."

그게 느껴지니? 사실 난 내가 무엇을 잃어버렸는지 아무것도 기억나지 않아.

별은 의아한 표정으로 아샤를 힐끗 쳐다보았다. 아샤는
별의 눈을 보고 무슨 뜻인지 이해했다. 아샤는 별에게
설명했다. "그러니까…… 사이먼은 열여덟 살이거든.
이미 왕에게 소원을 빌어버렸지."
사이먼이 고개를 떨구며 별에게 물었다. "그게 느껴지니?
사실 난 내가 무엇을 잃어버렸는지 아무것도 기억나지
않아."

모두가
각자의 권한을
가지고 있어.

Self-authorized.

모두가 각자의 권한을 가지고 있어.

"마법은 매그니피코 왕 이외에는 그 누구에게도 금지되어
있어." 가보가 말했다. "소원을 이루어줄 수 있는 유일한
권한을 가진 사람이 바로 왕이야."
아샤는 "모두가 각자의 권한을 가지고 있어"라고
지적했다.

인생은
동화가 아니야.

Life is not a fairy tale.

인생은 동화가 아니야.

"별이 소원을 이루어주는 거야?" 사이먼이 물었다. 그는
아직도 잃어버린 소원에 대해 생각하는 듯했다.
가보는 경외심에 눈이 휘둥그레졌지만, 이내 고개를
저었다. "인생은 동화가 아니야." 그가 말했다.
"어떻게 보느냐에 따라 다르지." 할이 말했다. "그런데
그럴 수도 있어."

MY WISH ✦

제3장

내가 누구인지
알고 싶다면 바로
나 자신을 바라보세요

61
◆ ◆◆◆

문밖에 모험이
기다리고 있어!

Adventure awaits
right outside this door!

문밖에 모험이 기다리고 있어!

마침내 무언가 딸깍 걸리는 것 같더니 땡, 하는 소리가
들렸다.
"쉿, 다 온 것 같아." 아샤가 말했다.
"문밖에 모험이 기다리고 있어!" 발렌티노가 크게
말했다.

그렇다고 너무
참을 필요는 없어!
내면의 염소를
믿어봐.

But don't hold back!
Trust your inner goat.

그렇다고 너무 참을 필요는 없어! 내면의 염소를 믿어봐.

별 가루가 뿌려진 깃펜이 잉크병에서 튀어나오더니 책상
위를 돌아다니다가 양피지 조각을 잉크로 물들였다.
"제발 아무것도 깨지 마!" 아샤가 별에게 경고했다.
"그렇다고 너무 참을 필요는 없어!" 발렌티노가 응원하듯
말했다. "내면의 염소를 믿어봐."

63

참 소박했고
또 순수했네.

It's so simple. So pure.

참 소박했고 또 순수했네.

"할아버지, 이루어지지 않을 소원에 대해선 알고 싶지
않다고 하셨죠?" 아샤가 말했다. "그 소원은 바로
이거였어요. 한번 이뤄보세요."
"참 소박했고 또 순수했네." 그는 눈물을 글썽이며 말했다.

64

이건 내 소원이니까.
이것이 내 전부야.

This belongs to me.
This is everything.

이건 내 소원이니까. 이것이 내 전부야.

사비노가 그녀의 말을 잘랐다. "매그니피코 왕에게
소원을 맡기지 말았어야 했어. 이건…… 이건 내
소원이니까."
그는 손바닥으로 소원 방울을 소중히 받았다. 방울을
만지자, 그 안의 빛과 에너지가 바로 사비노의 심장으로
옮겨갔다. 소원을 되찾은 사비노는 눈물을 흘리며 웃었다.
"사비노……" 사키나는 활력을 되찾은 사비노의 얼굴을
보고 놀랐다.
"이것이 내 전부야." 사비노의 눈이 생기로 반짝였다.

그 소원들은
당신 게 아니에요!

The wishes don't belong to you!

그 소원들은 당신 게 아니에요!

"거짓말쟁이." 매그니피코 왕이 소리쳤다. "하늘에서 별을
훔쳐 오더니 이제 내 소원까지 훔쳐 갔잖아!"
"그 소원들은 당신 게 아니에요!" 아샤가 소리쳤다.

현실 세계에서
소원이란 것들이
죄다 어떻게 되는지
우리 모두 알고
있지 않나요? 다
박살나버리지.

Because we all know what happens to wishes out in this real world. They get crushed.

현실 세계에서 소원이란 것들이 죄다 어떻게 되는지 우리 모두 알고 있지 않나요? 다 박살나버리지.

사키나는 가슴에 손을 얹었다가 소원 방울을 향해 손을 뻗었다. "내 소원……." 그녀가 숨을 내뱉었다.

"그래요. 나에게 안전하게 지켜달라고 맡긴 그 소원이에요." 왕이 불길한 말투로 말했다. "현실 세계에서 소원이란 것들이 죄다 어떻게 되는지 우리 모두 알고 있지 않나요? 다 박살나버리지." 그는 사키나의 소원 방울을 세게 움켜쥐었다.

67

가슴이 이 감정을 알아.
이건 슬픔이야.

My heart knows this feeling,
This is grief.

가슴이 이 감정을 알아. 이건 슬픔이야.

사비노의 어깨에 기대 웅크리고 앉아 있는 엄마의 모습은
너무나도 작고 안쓰러웠다. 엄마의 부드럽고 아름답던
얼굴은 슬픔과 절망으로 가득차 있었다. 아샤는 죄책감을
느끼며 사키나의 손을 잡았다. 그녀가 할 수 있는 말은
"엄마……"뿐이었다.
사키나는 "가슴이 이 감정을 알아"라고 중얼거렸다.
"이건 슬픔이야"

68

제가 시작한 일이니까,
제가 끝내야 해요.
모두를 위해.

I started this, I have to finish it, for everyone.

제가 시작한 일이니까, 제가 끝내야 해요. 모두를 위해.

"왕을 막을 거예요." 아샤가 빠르게 대답했다.

"안 돼!" 사키나가 말했다.

"너무 위험해!" 사비노도 소리쳤다.

하지만 아샤의 마음은 확실하게 정해졌다.

"제가 시작한 일이니까, 제가 끝내야 해요." 아샤는 두 사람을 다시 빠르게 안아주며 말했다. "모두를 위해."

69
◆◆◆

이제 무대로 갑시다!
반역자를 사냥하러!

Now let's go set the stage!
I'm on the hunt!

이제 무대로 갑시다! 반역자를 사냥하러!

매그니피코 왕은 왕비의 얼굴을 한참 바라보더니
천천히 지팡이를 내리며 미소를 지었다. "그렇지!" 그가
다시 웃으며 말했다. "이제 무대로 갑시다! 반역자를
사냥하러!"

70
◈◈◈◈◈

길에는
돌부리가 있기
마련이야.

You know, all of this is just a bump in the road.

길에는 돌부리가 있기 마련이야.

발렌티노는 그녀 뒤를 터벅터벅 따라갔고, 별은 망토 모자 속에서 꼼지락거리고 있었다. 별은 한 번씩 괜찮다는 듯 아샤의 이마를 쓰다듬어주었다. 발렌티노도 아샤를 위로했다. "아샤, 길에는 돌부리가 있기 마련이야. 아주 뾰족하고 너무 커서 그렇지."

아니,
싸우면 돼.

Not if we fight.

아니, 싸우면 돼.

"에취!" 사피가 코를 훌쩍였다. "우리 이제 망한 거야?"
"아니, 싸우면 돼." 아샤가 단호하게 말했다. 그녀 옆에
있던 별도 결연한 얼굴을 보여주었다.

72

이길지 질지는 모르지만, 시도해야만 했다. 알아버렸는데, 어떻게 아무것도 안 할 수 있겠는가?

They didn't know if they would win, but they had to try. How could they not, knowing what they had learned?

이길지 질지는 모르지만, 시도해야만 했다.
알아버렸는데, 어떻게 아무것도 안 할 수 있겠는가?

아샤의 친구들은 하나둘 그녀의 말을 믿기 시작했다.
아샤 옆에 선 것은 달리아가 처음이었다. 할과 가보도
싸울 준비가 되어 있다고 했다. 수줍음 많은 바지마도
왕에게 맞설 준비가 되었다는 표정을 보여주었다. 이길지
질지는 모르지만, 시도해야만 했다. 알아버렸는데, 어떻게
아무것도 안 할 수 있겠는가?

73

소원들이 모두
자유로워질 때까지
별은 떠나지 않을
거야.

Star won't go until
those wishes are free.

소원들이 모두 자유로워질 때까지 별은 떠나지 않을 거야.

"그럼 별을 떠나보내야겠네. 어서 도망쳐." 가보가 말했다.
별은 가보에게 다가가 팔다리를 뻗어 가보의 머리를
좌우로 흔들었다.
"소원들이 모두 자유로워질 때까지 별은 떠나지 않을
거야." 아샤가 무겁게 한숨을 쉬며 대답했다.

74

물론
계획이 있어.

Of course I have a plan.

물론 계획이 있어.

대답을 기다리던 가보가 화를 냈다. "아샤는 계획이 없어.
우린 끝장이야."
바로 그때, 발렌티노가 위에서 떨어졌다. 아샤는
반사적으로 그를 받아들었다. 그녀는 그렇게 항상 준비가
되어 있었다. 친구들을 구하고 보호할 준비가.
"물론 계획이 있어." 그녀가 가보에게 말했다.

알아. 네가 날
자랑스러워한다는걸.
나도 우리가
자랑스러워.

I know, you're proud of me, I'm proud of us.

알아. 네가 날 자랑스러워한다는걸. 나도 우리가 자랑스러워.

근처에서 말발굽 소리가 들리자 아샤는 바닥에 몸을 바짝
붙였다. 왕이 가까이 있었다. "이쪽으로 유인할게." 그녀가
별에게 속삭였다. "이제 가!"
별의 눈에 그녀는 용맹한 투사처럼 보였다. 별은 그녀를
사랑스럽게 바라보았다.
"알아. 네가 날 자랑스러워한다는걸." 아샤가 말했다.
"나도 우리가 자랑스러워"

마음이 이어지면
세상을 이해할 수 있어.

Through the heart
we understand the world.

마음이 이어지면 세상을 이해할 수 있어.

서재로 들어선 친구들은 소원 방울들이 떠다니는
아름다운 모습에 매료되어 넋을 놓고 위를 바라보았다.
"너무 아름다워." 바지마가 중얼거렸다.
"순수 그 자체야." 사피가 말했다.
"이런 기분은 처음 느껴봐." 할이 숨을 한껏 들이켜며
말했다.
심지어 가보도 감명받은 표정으로 소원 방울들을
바라보았다.
"최고로 멋진 장면이야." 다리오도 감동하며 말했다.
"마음이 이어지면 세상을 이해할 수 있어."

77

추락할 때마다 더 높이 오르는 법을 배우지.

With each fall,
we learn to climb higher.

추락할 때마다 더 높이 오르는 법을 배우지.

"걱정하지 마." 발렌티노가 대답했다. "내가 있잖아.
나는 저 정도 높이까지 올라가기 위해 평생 연습해왔어."
하지만 발렌티노는 발을 떼자마자 넘어지며 가보의 품에
어색하게 안기고 말았다. "괜찮아, 괜찮아." 발렌티노가
쑥스러워하며 말했다. "추락할 때마다 더 높이 오르는
법을 배우지."

78

왕비도 늘 준비되어
있어야 해. 필요하다면
간단한 주문 정도는 할 수
있어야지. 그럴 수 있도록
공부해뒀어.

A queen must be prepared. I understand how to bind simple spells, if needed, but not magic such as this.

왕비도 늘 준비되어 있어야 해. 필요하다면 간단한 주문 정도는 할 수
있어야지. 그럴 수 있도록 공부해뒀어.

"이 책 말고 다른 책들은 모두 다 읽어봤어." 왕비가
말했다.
달리아의 눈이 휘둥그레졌다. "수천 권이 있는데요!"
아마야 왕비는 고개를 끄덕였다. "왕비도 늘 준비되어
있어야 해. 필요하다면 간단한 주문 정도는 할 수
있어야지. 그럴 수 있도록 공부해뒀어. 하지만 이 책의
마법은…… 절대 봐서는 안 되는 거야."

79

그게 뭐?
내 마음은 청춘인걸.

So? My will is strong.

그게 뭐? 내 마음은 청춘인걸.

사비노가 결단을 내렸다. "자, 어서 가보자." 그는 배를
향해 걸어가더니 배에 올라 노를 향해 손을 뻗었다.
사키나는 곧 그의 뒤를 따라갔다. "사비노, 백 살인 걸
잊으신 건 아니죠?"
"그게 뭐? 내 마음은 청춘인걸." 사비노가 말했다.

80

나는 항상 말하지, 절대 희망을 잃지 말자고.

I always say, never lose hope.

나는 항상 말하지, 절대 희망을 잃지 말자고.

별은 행복한 표정으로 소원 방울들 사이를 날아다니며
반짝거리는 별 가루를 뿌리고 있었다.
"나는 항상 말하지, 절대 희망을 잃지 말자고." 가보가
긍정적으로 말했다.

이제 나는 그 누구도
필요하지 않아!

I don't need any of you anymore!

이제 나는 그 누구도 필요하지 않아!

"아샤, 너에게 고마워해야겠구나. 네가 나에게 도전하지
않았다면, 나는 전혀 모를 뻔했어. 나는 사람들의 신뢰를
필요로 했지. 행복에 도달하는 방법은 그들의 소원
가까이에 있는 것이라고 생각했거든. 네가 아니었다면
그것을 가질 수 있다는 것을 결코 깨닫지 못했을 거야."
그는 웃으며 사람들을 내려다봤다. 그런 그의 모습이
사방에 있는 거울에 비춰졌다. "맞아. 이제 나는 그 누구도
필요하지 않아!"

또 한 번 소원을
빌어도 될까.

If she could make one more wish.

또 한 번 소원을 빌어도 될까.

아샤는 바닥에 내동댕이쳐진 채 엉엉 울었다. 그녀의 눈에
밤하늘과 그 사이에서 반짝이는 별들이 보였다. 또 한 번
소원을 빌어도 될까. 그녀는 고민하면서 별들을 향해 손을
뻗었다.

더 이상은 희망을 가질 수도, 꿈을 꿀 수도, 여기서 벗어날 수도 없다!

In fact, there will be no more hope, no more dreams, and no escape.

더 이상은 희망을 가질 수도, 꿈을 꿀 수도, 여기서 벗어날 수도 없다!

"이제 그 누구도 별에게 소원을 빌지 못해!"
그는 지팡이를 내리쳐서 하늘을 검은 구름으로
덮어버렸다. 이제 별은 보이지 않았다.
"잘 들어. 더 이상은 희망을 가질 수도, 꿈을 꿀 수도,
여기서 벗어날 수도 없다!"

84

반기를 들 수도 없을 것이다.
입을 놀려서도 안 돼.
그 누구도 다시는!
다시는 나에게 도전하지
못할 것이다.

No chance to rise up,
No one to tell any tales.
No one to challenge me
ever again!

반기를 들 수도 없을 것이다. 입을 놀려서도 안 돼.
그 누구도 다시는! 다시는 나에게 도전하지 못할 것이다.

모든 사람들이 움직일 수 없었다. 아마야 왕비와 아샤의
친구들도 마찬가지였다. 사비노, 사키나, 발렌티노도
그랬다. 사람들 사이에서 공포에 질린 울음소리가 터져
나왔다.
왕이 소리쳤다. "반기를 들 수도 없을 것이다. 입을
놀려서도 안 돼. 그 누구도 다시는! 다시는 나에게
도전하지 못할 것이다."

우리의 꿈을 빼앗을 수는
있어. 그리고 눈앞에서
그것을 파괴해버릴 수도
있지. 하지만 우리의 존재를
빼앗을 수는 없어.

You can rip our dreams from our hearts…destroy them before our eyes. But you can't take from us what we are.

우리의 꿈을 빼앗을 수는 있어. 그리고 눈앞에서 그것을 파괴해버릴 수도
있지. 하지만 우리의 존재를 빼앗을 수는 없어.

비록 힘은 없지만 아샤의 눈에서는 빛이 났다. 그녀는
힘겹게 일어나 매그니피코 왕과 마주했다.
"아니, 당신이 틀렸어!" 그녀가 말했다. "우리의 꿈을
빼앗을 수는 있어. 그리고 눈앞에서 그것을 파괴해버릴
수도 있지. 하지만 우리의 존재를 빼앗을 수는 없어."

86

너는,
아무것도,
아니야!

YOU···ARE ···NOTHING!

너는, 아무것도, 아니야!

"너는, 아무것도, 아니야!" 왕이 고함을 질렀다.
그는 아샤에게 또 한 번 마법 공격을 쏘았다. 가장자리로
밀려난 아샤는 참기 힘든 고통 속에서 몸을 웅크렸다.
그녀의 눈에 똑같이 고통스러워하는 사람들의 모습이
들어왔다.
아샤는 달리아와 동시에 눈을 감았다.

우리는 모두……
별이야.

We···are···stars.

우리는 모두⋯⋯ 별이야.

"우리는 모두⋯⋯ 별이야."
아샤는 숲의 동물들이 자신에게 가르쳐준 것을 기억하며
조용히 되뇌었다. 모든 생명들이 별 가루로 만들어진
거라면, 그 힘으로 싸울 수 있지 않을까?
아샤는 힘이 없지만 분명한 목소리로 노래를 부르기
시작했다.

여러분 모두가
별이에요.

She told her loved ones below
that they were all stars.

여러분 모두가 별이에요.

머리끝까지 화가 난 매그니피코는 그런 아샤의 모습을
보고 그녀를 완전히 없애버리려고 했다. 그는 지팡이를
다시 들었다. 아샤는 숨을 거의 쉴 수 없었지만 계속
노래를 불렀다. 아샤는 울먹이면서도 노래를 멈추지
않았다.
아샤는 사랑하는 로사스 사람들에게 속삭였다. "여러분
모두가 별이에요."

89
◆◆◆

안 돼!!
내 소원들이야!

No! Those are my wishes!

안 돼!! 내 소원들이야!

왕의 가슴이 부풀더니, 그가 빨아들였던 소원들이
하나둘씩 튀어나오기 시작했다. "안 돼!!" 왕이
울부짖었다. "내 소원들이야!"

우리는 자유다!

We're free!

우리는 자유다!

사람들은 일제히 환호했다.
"우리가 해냈어요!" 친구들은 서로 부둥켜안으며 울었다.
"우리는 자유다!"
"매그니피코가 사라졌다!"

나는 그저 나를 잃고 살아가는 것이 두려웠을 뿐이야. 내 전부를 잃은 것 같았거든.

I was just scared
I'd have to live without,
well, all of me.

나는 그저 나를 잃고 살아가는 것이 두려웠을 뿐이야.
내 전부를 잃은 것 같았거든.

사이먼은 미안한 표정을 지어 보였다. 아샤는 그가
왕의 주문으로 변해버린 기사가 아닌 오래된 친구
사이먼이라는 것을 알아챘다.
"아샤, 미안해." 그가 눈을 내리깔며 말했다. "정말
미안해. 용서를 바라지는 않아. 나는 그저 나를 잃고
살아가는 것이 두려웠을 뿐이야. 내 전부를 잃은 것
같았거든."

92
◆ ◆◆◆

그 두려움과
싸울 준비가 된 것
같아요.

But I think I'm ready
to tackle my fear.

그 두려움과 싸울 준비가 된 것 같아요.

"배의 선장이 되겠다고?" 그녀의 엄마가 소리쳤다.
"하지만 너는 물을 무서워하잖니."
"나도 알아요." 그 여자가 웃었다. "하지만 그 두려움과
싸울 준비가 된 것 같아요." 그녀는 부모님을 끌어안았다.

93

등반할 때
가장 중요한 것은……
바로 자신감이에요.

The key to climbing is confidence!

등반할 때 가장 중요한 것은…… 바로 자신감이에요.

"등반할 때 가장 중요한 것은…… 바로 자신감이에요."
발렌티노는 산더미처럼 쌓인 돌무더기 위에 등산가가
되고 싶어 하는 남자와 함께 서 있었다. 그는 매우 긴장한
모습으로 발렌티노 옆에서 주춤거렸다. "물론…… 밧줄이
도움이 되기도 하지요."

94

이것은 내가
꿈꿀 수 있었던 것
이상이야.

This is more than I could have ever dreamed possible.

이것은 내가 꿈꿀 수 있었던 것 이상이야.

마을 사람들이 춤을 추며 사비노를 둘러싸고 웃고 있었다.
심지어 아마야 여왕도 음악에 맞춰 몸을 흔들고 있었다.
아샤는 그 모습을 보면서 미소를 지었다. "이것은 내가
꿈꿀 수 있었던 것 이상이야." 아샤가 별에게 말했다.

05

꿈은 마음이
만드는 소원이라고
생각해.

I'm starting to think a dream is a wish your heart makes.

꿈은 마음이 만드는 소원이라고 생각해.

아샤는 웃으며 발렌티노를 껴안았다. 그리고 발렌티노를
안은 채 류트를 연주하는 사비노와 그 연주를 듣고 있던
사키나를 향해 걸어갔다.
발렌티노도 동의하듯 고개를 끄덕였다. "꿈은 마음이
만드는 소원이라고 생각해."

정말이야?
내가······
할 수 있을까?

I could?

정말이야? 내가…… 할 수 있을까?

"정말이야? 내가…… 할 수 있을까?"
그녀가 망설이며 물었다. 그리고 손을 뻗어 마법 지팡이를
손에 쥐어보았다. 마법 지팡이가 더 환하게 빛났다. 별은
손을 흔들며 아샤에게 그것을 한 번 더 사용해보라고
재촉했다.
"해볼게."

이제 너의 표정만
봐도 다 알 것 같아.

I know you too well now.

이제 너의 표정만 봐도 다 알 것 같아.

"걱정하지 마." 달리아가 아샤에게 말했다. "별이 옆에서
너를 도와줄 거야. 그렇지?"
아샤는 별의 표정을 읽었다. 그리고 슬프게 싱긋 웃었다.
"이제 너의 표정만 봐도 다 알 것 같아."

098

다른 소원을 위해
그곳에 있어야 하니까.

So you can be there
for others to wish on.

다른 소원을 위해 그곳에 있어야 하니까.

아샤는 말을 멈췄다가 별에게 말했다.

"돌아가야 하는 거지, 그렇지?"

별이 아샤를 가만히 쳐다보았다.

"다른 소원을 위해 그곳에 있어야 하니까."

그녀는 처음으로 반짝이는 별을 발견했던 하늘을

바라보며 말했다.

99

그냥 계속
소원을 빌면 돼요.

Just keep wishing.

그냥 계속 소원을 빌면 돼요

"이 은혜를 어떻게 갚아야 할까?" 사비노가 별에게
물었다.
별은 아샤와 함께 눈을 감으며 미소를 지었다.
"그건 아주 쉽대요." 아샤가 대신 대답했다. "그냥 계속
소원을 빌면 돼요."

100

소원의 왕국에서는
진정으로 원하는
무엇이든 가능하다는
것을.

Now anything truly was possible in the Kingdom of Wishes.

소원의 왕국에서는 진정으로 원하는 무엇이든 가능하다는 것을.

별은 마지막으로 아샤를 안아주고 나서 로사스의 하늘
위로 날아올랐다. 반짝이는 빛이 터지며 불꽃놀이처럼
하늘을 수놓았다. 마법 지팡이를 손에 들고 아샤는 별에게
인사를 했다. 옆에 있는 가족과 친구들을 바라보며,
아샤는 확신했다. 소원의 왕국에서는 진정으로 원하는
무엇이든 가능하다는 것을.

MY WISH ✦

위시
소원이 이루어지는
마음 대사 100

초판 1쇄 인쇄	**글**
2024년 2월 16일	에린 팰리갠트
초판 1쇄 발행	**그림**
2024년 2월 23일	디즈니 아트팀

펴낸이
백영희

펴낸곳
너와숲

주소
14481 경기도 부천시
부천로354번길 75, 303호

전화
070-4458-3230

등록
제2023-000071호

ISBN
979-11-93546-10-9 (03840)

정가
17,000원

© 2024 Disney

이 책을 만든 사람들

편집
허지혜
마케팅
유승현

제작처
예림인쇄

디자인
글자와기록사이